Primera edición: noviembre de 2019

Edición: Núria Albesa
Dirección editorial: Ester Pujol
Maquetación: Temabcn

© 2019, Anna Canyelles, por el texto
© 2019, Laia Berloso Clarà, por las ilustraciones
© 2019, la Galera, SAU Editorial, por esta edición
Versión castellana de Marcos Poquet

Josep Pla, 95
08019 Barcelona
www.lagaleraeditorial.com

Impreso en Indice
ISBN: 978-84-246-6579-1
Depósito legal: B-16.440-2019
Impreso en la UE

EL LIBRO DE LAS ESTACIONES

¡CADA MES, UN CUENTO!

TEXTOS DE ANNA CANYELLES

ILUSTRACIONES DE LAIA BERLOSO

laGalera

INVIERNO

¡QUÉ FRÍO HACE! ES INVIERNO,
¡YA TE PUEDES ABRIGAR!

ENERO

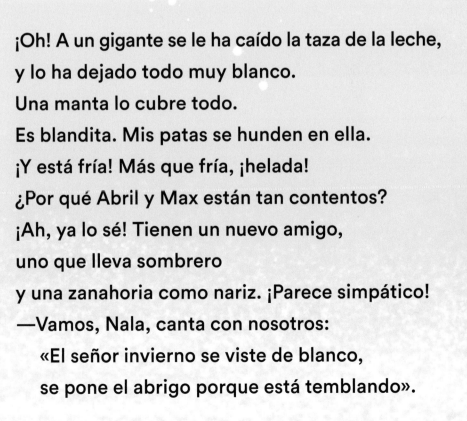

¡Oh! A un gigante se le ha caído la taza de la leche,
y lo ha dejado todo muy blanco.
Una manta lo cubre todo.
Es blandita. Mis patas se hunden en ella.
¡Y está fría! Más que fría, ¡helada!
¿Por qué Abril y Max están tan contentos?
¡Ah, ya lo sé! Tienen un nuevo amigo,
uno que lleva sombrero
y una zanahoria como nariz. ¡Parece simpático!
—Vamos, Nala, canta con nosotros:
«El señor invierno se viste de blanco,
se pone el abrigo porque está temblando».

FEBRERO

¡Abril y Max no parecen ellos!
Son una mariquita con muchos puntitos,
y una pirata con un sombrero muy elegante.
—Nala, ¿tú de qué te quieres disfrazar?
Me gustaría ser un lobo muy valiente,
o una ardilla con la cola muy larga,
para escaparme cuando me persigue un perro grande.
Pero, he aquí, que con unas orejas bien largas
parezco un conejo de bosque.
Correré como el viento y no habrá perro que me atrape.
¡Viva el Carnaval!

MARZO

Después de la lluvia, el cielo se ha teñido de colores.

Max trepa a un árbol.

—¡Sube, Nala! Ven a ver las golondrinas.

   Vienen de muy lejos y llegan en primavera.

¡Ya estoy arriba! Quiero jugar con ellas.

—¡No, Nala! –grita Abril—. ¡Déjalas!

   Cazan mosquitos para alimentarse.

No me gusta que me riñan,

no me gustan los mosquitos,

¡no me gusta estar tan alto!

¿Y las golondrinas? Sí que me gustan,

¡porque, con ellas, llega la primavera!

PRIMAVERA

EL MUNDO SE LLENA DE COLORES,
PÁJAROS Y FLORES.
¡BIENVENIDA, PRIMAVERA!

ABRIL

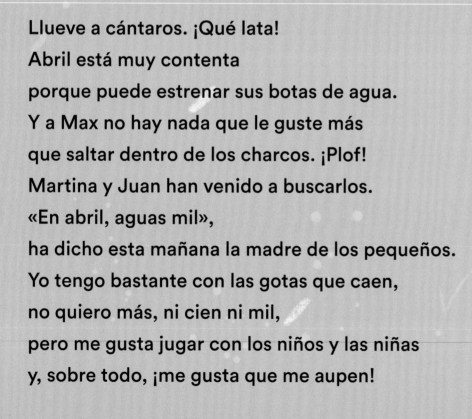

Llueve a cántaros. ¡Qué lata!
Abril está muy contenta
porque puede estrenar sus botas de agua.
Y a Max no hay nada que le guste más
que saltar dentro de los charcos. ¡Plof!
Martina y Juan han venido a buscarlos.
«En abril, aguas mil»,
ha dicho esta mañana la madre de los pequeños.
Yo tengo bastante con las gotas que caen,
no quiero más, ni cien ni mil,
pero me gusta jugar con los niños y las niñas
y, sobre todo, ¡me gusta que me aupen!

MAYO

El cielo es azul y el sol nos calienta.

El campo está lleno de flores de colores

y los pájaros están muy contentos.

—Nala, ¿a ti también te gusta el campo

  en primavera? —pregunta Abril.

Pero es Max quien responde por mí:

—¡Pues claro! Mayo es el mes de las flores.

«Y de las mariposas», pienso yo.

Hay una que se posa en la punta de mi nariz

y me hace cosquillas. ¡Achís!

Ayer me bañé y huelo muy bien,

¡tal vez la mariposa me ha confundido con una flor!

JUNIO

¡Eh, mariquita, no te escondas! ¡Enséñame a volar!

—¡Vamos, Nala, no te distraigas,
   que te perderás entre el trigo!

El campo se ha vestido de amarillo y el aire es caluroso.

Hay un hombre con cabellos de paja
y unos ojos que no cierra nunca.

—¡Qué espantapájaros más bonito! —se ríe Abril.

Yo miro la mariquita y le canto:

«Mariquita, Mariquita

Mariquita, quita,

cuéntame los dedos

y vete a casita».

VERANO

SOL DE FUEGO Y AGUA FRESCA.
¡VERANEANDO, SE VA
EL TIEMPO VOLANDO!

JULIO

¡Qué calor!
¡Qué suerte que nos podamos bañar!
Me mojo la barriga
y llamo a Abril para que se meta en el agua.
—¿Está fría? —pregunta Abril.
Se ha puesto todo lo que ha encontrado:
gafas, tubo, flotador, aletas.
—¡Me encanta el verano! —dice Max,
    mientras nos moja a todos con la manguera.
—Y a mí —grita Juan, a punto de lanzarse al agua.
¡A mí me gustan las vacaciones
porque podemos pasarnos el día dentro del agua!

AGOSTO

¡Cómo nos gusta el verano!

Vamos a la playa y hacemos castillos

con la arena calentita

que se resbala entre los dedos.

¡Qué sol tan redondo, y cómo quema!

—Abril, ¿nos bañamos?

—Prefiero acabar el castillo, Max.

—Nala, ¿quieres venir a bañarte?

¡Esperad un poquito, que tengo trabajo!

¡He de enterrar una cosa muy bonita

para que nadie la encuentre!

—Max, Nala, ¿sabéis dónde está mi rastrillo?

SEPTIEMBRE

¡Comienza el colegio!

Abril está contenta y no para de hablar:

—Tendremos muchos amigos y amigas.

　Seguro que aprenderemos muchas cosas.

　¡Y también jugaremos!

　¡Nala, aparta, que me vas a hacer caer!

Yo también quiero ayudar

a llenar esta mochila tan grande.

Y quizá no se dan cuenta

si me meto dentro, muy escondida.

Así podré ir al colegio

y haré reír a Max.

OTOÑO

¡AMARILLO, NARANJA, ROJO
Y MARRÓN SON LOS COLORES
DEL OTOÑO!

OCTUBRE

—¡Mirad, otra seta! —dice Max.

—Mi cesto está lleno. ¡Nala
   es una gran cazadora de setas! —dice Abril.
Si hay algo que me gusta
es correr entre los árboles,
meter el hocico entre las hojas,
y descubrir dónde se esconden las setas.

—Nala, ¡ven a ayudarme a mí también!
   —dice Max, que siempre quiere ganar.

—¿Quieres mi calabaza? —Se ríe Martina.

—¡Yo te puedo dar una hoja! —añade Juan.
¡Que no se acabe el otoño!

NOVIEMBRE

El bosque está lleno de colores,
y las hojas parecen semáforos:
el verde, el amarillo y el rojo
forman una alfombra blandita y sonora.
—¡Cómo me gusta el otoño! —dice Abril.
—A mí me gusta el bosque —añade Max.
A mí me gustan las cosquillas
que alguien me hace en la espalda.
Quizá es una hormiguita escondida,
o algún insecto juguetón.
Pero no pienso moverme,
¡no quiero que se acabe este momento!

DICIEMBRE

—¡Soy un árbol de Navidad!

—Te pondré una cinta roja.

¡No te muevas tanto! ¡Ja, ja, ja!

Y así pasan los días y se acaba el año.

Entre risas, luces y guirnaldas,

Papá Noel espera su turno,

y la estrella guía el camino de los Reyes.

¡Qué días de alegría y de ilusión!

Fuera, la noche es oscura y fría.

Unas bolitas blancas y redondas

se mueven por el cielo.

Tal vez a un gigante se le ha caído la taza de la leche...